U0105983

空氣小姐生氣了

認識 **空氣和風**

〔意〕Agostino Traini 著 / 繪

張琳 譯

新雅文化事業有限公司
www.sunya.com.hk

小朋友，誰是你的好朋友？你喜歡和朋友一起做什麼？說說看。

安格和皮諾是好朋友。皮諾長着黃色的嘴巴，安格則有一頭橙色的頭髮。安格和皮諾登上了一座山的山頂。安格對皮諾說：「從山上往山下看，山下的風景真美啊！可是你看，我們周圍卻什麼都沒有！」

爬上山真累呀！

你好！

這時，有個憤憤不平的聲音說：「怎麼可能什麼都沒有？我就在這兒呀！」

「你是誰？」安格疑惑地問道。

「這真是個好問題，」那個聲音回答道，語氣依然帶着不滿，「我是空氣！」

思考點

除了空氣是我們眼睛看不到之外，還有什麼東西是看不到的？

畫、寫是我其他的道理
的智慧。

3

我們能看到或觸摸到空氣嗎？

在自然狀態下空氣是無味無臭的氣體，所以我們既看不到，也觸摸不到它。不過它也會有可能被看到或觸摸到，繼續看接下來的故事，你就會知道了。

安格笑着說：「可是我看不到你啊！」

聽了安格的話，空氣小姐生氣極了，她回應道：「雖然你的眼睛看不到我，但這並不意味着我不存在。我填滿了天空，包圍了所有的一切。」

天氣真好！

小朋友，如果不幸遇溺，我們應該怎樣做？

遇溺時切記要保持冷靜，大聲呼救，但不要盲目掙扎。如身穿外套，可把外套拉鏈拉上，手掌向內拉着外套袖子，不停拍打水面以形成空氣，人便會浮在水面上。

空氣小姐發怒了，她狠狠地吹了一大口氣，把安格吹到湖水裏，還用力掀起水花，拍打到他的臉上。

「快停手！你讓我無法呼吸了！」安格在水裏一邊掙扎，一邊大喊道。

你還好嗎？

空氣小姐立刻停了下來，安格終於能長長地舒口氣了。

「你現在知道了吧！即使你看不到我，我也是在這裏的。要是你呼吸不到我，你可怎麼辦？」空氣小姐得意洋洋地說。

你說的是真的？

啷啷！

去看電影嗎？

好呀！

空氣的成分是固定不變的嗎？

不是。空氣成分的組成比例會隨着高度、氣壓而改變。比如在高山上，空氣中的氧氣成分會較少，所以人們可能會出現缺氧的反應。

「既然你們對我這樣陌生，那現在就讓我介紹一下自己吧！」空氣小姐心情回復平靜後說，「在我的身體裏，有着各種各樣的氣體。」

「這個我們真不知道啊！」安格和皮諾說。

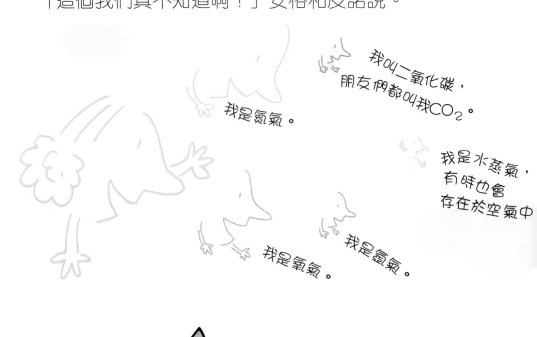

空氣小姐讓安格和皮諾坐到兩朵柔軟的白雲上，那是最特別的沙發椅。

空氣小姐對他們說：「我帶你們去看一些有趣的事物吧！」

我好興奮啊！

真舒服！

圖中有哪些生物不需要空氣？

沒有！地球上所有生物，不論是動物還是植物都需要空氣。動物需要呼吸空氣中的氧氣，而植物除了氧氣外，還需要利用空氣中的二氧化碳進行光合作用，才能生存。

因為熱空氣會上升，所以我們在遇到火警時應該以怎樣的姿勢逃生？

應該盡量蹲下爬行逃生。因為火場中的濃煙受到熱空氣上升的作用，大多會飄浮在上層，所以火場中近地面的空氣會較清新。

空氣小姐對太陽說：「請給我加熱，我要向上升。」
太陽立刻照着做。
不久，大家都升上了高空。
「好像乘升降機一樣啊！」皮諾說。

在天空飛感覺真好！

知識點

世界上最早出現的熱氣球是什麼人發明的？

熱氣球最早由中國人發明，出現於公元二至三世紀，稱為天燈或孔明燈，被用作傳遞軍事信號。時至今日，仍有人會把願望寫在用紙做的燈上，放上天空，作許願之用。

「熱空氣比冷空氣輕，所以會上升。」弗雷教授邊說，邊用火焰為他的熱氣球加熱空氣。

「現在我總算明白熱氣球是怎麼飛起來的了！」安格說。

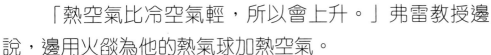

什麼叫「布拉風」？

它是一種從山地或高原，經過低矮窄道向下傾落而形成的地方性寒冷暴風。威力之大曾吹翻火車、造成建築物破壞等，不過達到這種災難性程度的次數並不多。

隨後，空氣小姐不再往上升，她開始橫向地快速奔跑。

「我變成了風！」她笑道。

「看呀！」安格說，「風可真夠快的！」

由空氣小姐變成的風掠過大樹的樹梢，鑽進窗戶。她令樹葉、報紙和街上的灰塵都飛舞起來。

「根據我來的方向，人們給我取了很多名字。現在，我從北方來，我就叫北風。」風解釋道。

安格和皮諾玩得真高興！

思考點

小朋友，你今天有沒有看天氣報告？知不知道今天吹的是什麼風？說說看。

狗兒快下來呀！

嚄！我的咖啡！

風是不是越大越好?

不是。因為太大的風可能會造成危險,例如會吹翻海面上的船隻,或是損毀陸地上的建築物,可能造成人命和財產的損失。

接着,風來到了海上,把船兒的帆吹得鼓鼓的。
可是風的呼嘯聲很大,讓人聽着有些害怕呢。
「請你跑慢一點兒吧。」安格說。

船帆上裝滿了風,真神奇!

接着風猛力吹過海面。

隨着風的腳步，一個又一個巨大的海浪在陣陣翻滾。

「這已經不是我第一次惹水先生生氣呢。」風大笑道。

知識點

夏天的時候，我們不時會遇到「颱風」，它究竟是什麼？

颱風，又稱為「熱帶氣旋」。它是形成於海上的強大風暴，由於它從海面上吸收到大量水分，所以當颱風來到陸地上時，除了可能會吹毀我們的建築物外，更會帶來大量雨水。

小朋友，風吹在我們身上有什麼感覺？我們能用自己的身體形成風嗎？試試看。

現在，風來到了陸地上，她減慢了前進的速度。

「是時候要做點貢獻了，」風說，「讓我們把嘉娜洗的衣服吹乾吧。」

風真是我的好幫手！

「我們千萬不要忘了傳播花粉啊！」

這時，從遠處傳來一陣歌聲。

「我明白了，我明白了！」安格雀躍地說道，「正是你把音樂和其他各種聲音，從一個地方帶到另一個地方！」

做得好！

思考點

除了風，圖中還有什麼可以幫助花粉傳播呢？

答案：我們在採花粉時還會順便把花粉黏在腳上，當我們從一朵花飛到另一朵花時，腳上的花粉就會沾到另一朵花上，幫助花粉的傳播。

除了工廠,還有什麼會造成空氣污染?

二手煙、汽車排出的廢氣、來自沙漠或缺乏植被地區所颳起的風沙、動物排出的有毒氣體,如牛隻在把食物消化完後所排放的甲烷等,都會造成空氣污染。

當他們飛過一座大工廠時,一股黑色的濃煙從煙囪裏冒了出來。

「這是最讓我生氣的事情,」空氣小姐說,「每一次經過這裏,都會把我弄得一身髒。」

「真難聞!」安格和皮諾皺着鼻子說。

幸好，越過工廠後，就是一片廣大的綠色森林。

「還好這裏有樹！」空氣小姐說，「我總喜歡到這裏來把自己好好清洗乾淨，樹木的呼吸能幫我重新加滿氧氣。」

安格和皮諾也深深地吸了口氣。

趣味點

數一數，圖中的森林裏住着多少種動物？

答案：
共6種。分別是：蝴蝶、小鳥、松鼠、灰熊、蜜蜂、棕色兔子。

想一想，圖中哪幾種方法能讓人飛上天？還有其他方法嗎？

答案：
圖中的飛天方法有降落傘、熱氣球、滑翔機、飛機，其他包括風箏、噴射機、直升機。

讓一讓！

回復乾淨清潔的空氣小姐停下來與小鳥、小蟲子們玩耍，大家都盡情玩樂。

「我能支撐所有的翅膀，」空氣小姐說，「沒有我，誰也飛不起來！」

玩樂過後，空氣小姐又帶着安格和皮諾到處飛了。

「這裏是風車的國度！是我讓所有風車轉動起來的！」

「謝謝你，空氣小姐！」風車們感激地說。

舊式風車主要的功能是磨麵粉，
而現代風車則懂得發電。

什麼是「風力發電」？

「風力發電」是利用風車收集風的動能，用來啟動風力發電機產生電力。它是一種環保能源，在生產電力的過程中不會造成污染。

思考點

小朋友，想一想，你最喜歡什麼氣味？為什麼？

再往前一些，一個麵包師傅正在製作美味的食物。空氣小姐俯衝下去，給朋友們帶回來一點麵包的香氣。

「好香啊！」安格說。

「好餓啊！」皮諾說。

我做的是世界上最美好的工作！

這時，空氣小姐把安格和皮諾小心翼翼地放回地面。吃點心的時間到了。

「空氣小姐，再見了，謝謝你為我們做的一切。」安格和皮諾依依不捨地說。

「放心吧，我不會離開的。」空氣小姐笑着說，「我會一直在你們身邊，與你們作伴呢！」

科學小實驗

現在就來和空氣小姐一起玩遊戲吧！

你會學到許多新奇、有趣的東西，
它們就發生在你的身邊。

火箭般的氣球

你需要：

 1個氣球

 繩子

 膠紙

 1根吸管

 剪刀

 1個大人

難度：

做法：

① 先請大人擔任你的助手，幫忙把氣球吹脹，並用手指把它揑緊，不要讓空氣逃出來。

② 把吸管剪成兩半，然後將繩子穿過吸管，再用膠紙把吸管小心地黏到氣球上。

注意：這時要繼續捏緊
氣球的開口處，不要
讓它漏氣。

3 現在，你拿住繩子的一頭，向後退，你的助手則拿住另一頭。一定
要把繩子拉直啊！準備好了嗎？繩子拉直後，你的助手就可以放開
氣球了。看，氣球跑得多快！好像火箭一樣！

要是把氣球黏在一
輛玩具小汽車上，
用同樣的方法，你
就能讓小汽車飛奔
起來了！

神奇的螺旋圈

你需要：

 1張紙

 1枝鉛筆

 剪刀

 膠紙

 暖爐

難度：

做法：

① 先在紙上畫一個螺旋圈，在大人的幫助下，沿着剛畫的線條剪紙。剪出一個螺旋圈後，把它拉開。

然後用膠紙把鉛筆黏在暖爐上。

注意：必須選用表面不燙手的安全暖爐。

小心地將螺旋圈套到鉛筆上。

等着觀察吧！

雖然我們看不見空氣小姐，但是由於暖爐上的空氣被加熱後上升，上升的空氣抬起了螺旋圈，因此會令它不斷旋轉。

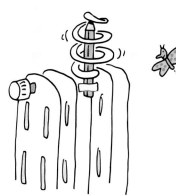

好奇水先生
空氣小姐生氣了

作者：〔意〕Agostino Traini

繪圖：〔意〕Agostino Traini

譯者：張琳

責任編輯：劉慧燕

美術設計：張玉聖

出版：新雅文化事業有限公司

香港英皇道499號北角工業大廈18樓

電話：（852）2138 7998

傳真：（852）2597 4003

網址：http://www.sunya.com.hk

電郵：marketing@sunya.com.hk

發行：香港聯合書刊物流有限公司

香港荃灣德士古道220-248號荃灣工業中心16樓

電話：（852）2150 2100　傳真：（852）2407 3062

電郵：info@suplogistics.com.hk

印刷：中華商務彩色印刷有限公司

香港新界大埔汀麗路36號

版次：二〇一三年十月初版

二〇二一年四月第五次印刷

版權所有‧不准翻印

ISBN: 978-962-08-5932-8

©2012 Edizioni Piemme S.p.A., via Corso Como, 15 - 20154 Milano - Italia

International Rights © Atlantyca S.p.A. - via Leopardi 8, 20123 Milano,

Italia - foreignrights@atlantyca.it - www.atlantyca.com

Original Title: Che Fine Ha Fatto La Signora Aria?

©2013 for this work in Traditional Chinese language, Sun Ya Publications (HK) Ltd.

18/F, North Point Industrial Building, 499 King's Road, Hong Kong

Published in Hong Kong, China

Printed in China